Renate Sültz & Uwe H. Sültz

Paranormale
Phänomene

BoD- Books on Demand

Norderstedt 2017

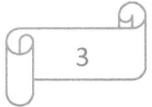

Bibliografische Information durch die Deutsche
Nationalbibliothek

Die Deutsche Nationalbibliothek verzeichnet diese
Publikation in der Deutschen Nationalbibliografie;
detaillierte bibliografische Daten sind im Internet über
http://dnb.dnb.de abrufbar.

Herstellung und Verlag:

BoD – Books on Demand, Norderstedt

ISBN 978-3-837-07748-3

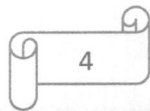

4

Inhalt:

Ab Seite 53 ist der Platz für Ihre Erlebnisse reserviert!

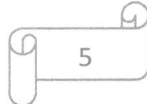

Vorwort:

Ist Ihnen Folgendes auch schon einmal in ähnlicher Form passiert: Sie wachen in der Nacht auf und sehen im Flur ein helles Licht in Form eines DNA-Stranges? Etwa 60 cm lang, es leuchtet, aber es erleuchtet nichts. Sie beugen sich auf, um es besser zu sehen, da schließt sich die Schlafzimmertür mit einem quietschenden Geräusch. Nicht nur Sie sehen es, auch Ihr Partner. Der Hund läuft wild im Zimmer umher und versteckt sich unter der Decke...

Es sind Geschichten, die es nicht geben kann, oder? Aber genau so wurden diese Ereignisse an uns herangetragen. Auf 10 Leerseiten können Sie Ihre eigenen Erlebnisse eintragen... es passiert immer zwischen Mitternacht und 3 Uhr.

Ein müder Geist?

In unserem Haus wurden früher spiritistische Sitzungen abgehalten. Ehrlich gesagt, daran glaubten wir nicht. Alles wurde neu gestrichen, hübsch eingerichtet und nun kam Freude auf. Aber nicht lange. Hier und dort schaltete sich das Licht ein. Nun gut, das konnten auch wir selbst gewesen sein. Hier und dort ein Geräusch, auch das würde sich erklären lassen.

Trotzdem kamen Zweifel auf. Mit Bewegungsmeldern „bewaffneten" wir uns gegen das Mystische.

Eines Nachts, es war um 2 Uhr 45, wurde ich auf folgende Art geweckt:

Meine Frau und ich schliefen fest. Meine frau lag auf dem Rücken, ich auf meiner linken Körperseite, zu ihr gerichtet. Wach wurde ich, weil ich auf meinem Rücken einen Handgroßen Druck verspürte. Wollte meine Frau mich zur Mitte drücken oder der Hund hinter mich legen? Auf jeden Fall spürte ich den Druck auch im wachen Zustand. Mit der Hand fühlte ich meine Frau. Ich öffnete meine Augen, der Druck blieb. Erschrocken drehte ich mich um. Aus dem Zimmer verschwand ein etwa 1,80 Meter großer schwarzer Schatten. In unserem Schlafzimmer ist es übrigens nie ganz dunkel. Der Schatten verschwand in Richtung Flur. Sekunden später ging das Licht der Bewegungsmelder an.

Immer noch geschieht etwas Eigenartiges in unserem Haus.

Ein Geist auf Wanderschaft

Als wir in das Haus einzogen, wussten wir noch nicht, was uns erwartete. Es

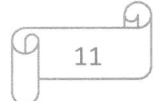

war ein vierzig Jahre altes Reihenhaus, nichts Besonderes, aber es ist für uns erschwinglich. Von außen macht es nicht viel her, darum wollten wir es uns von innen umso schöner machen. Die Besitzerin lernten wir noch kennen. Sie bewohnte dieses Haus von Anfang an, war immer selbstständig und hatte stets einen Hund um sich herum. Ihre Hunde waren immer ganz besonders lieb. Ob aus dem Tierheim oder vom Züchter, ganz ohne Hundeschule und Training übertrugen sich die guten Eigenschaften der älteren Dame auf ihre Hunde. Ja mehr noch, sie zog alle

Tiere in ihren Bann. Bei der Verabschiedung sagten wir ihr noch, dass wir ebenfalls einen Hund als Wegbegleiter haben möchten. Einen Mops, genauso wie sie ihn hatte. In das Seniorenheim, in das die ältere Dame einzog, durfte sie ihren Mops mitnehmen. Jeden Abend schliefen sie gemeinsam in einem Bett ein. Der Mops machte es sich am Fußende gemütlich. Gern verließ die ältere Dame ihr Haus nicht, aber das Alter und die Krankheit zwangen sie dazu. Wir richteten es uns mit den übernommenen Möbeln und unseren mitgebrachten Dingen recht hübsch auf den drei Etagen ein. Auf allen Etagen schafften wir auch Schlafgelegenheiten für unsere Enkel. Nun ja, es sind auch Ausweichquartiere, falls ich einmal wieder etwas lauter schlafe oder meine Frau durch die Wärme im Sommer nicht einschlafen kann. „Bist du in der Nacht im Souterrain gewesen, das Licht brannte heute Morgen noch?", fragte ich meine Frau. „Nein, allein trau ich mich sowieso noch nicht nach unten", antwortete meine Frau. Nun ja, ich dachte nicht weiter darüber nach. Natürlich wusste ich, dass meine Frau die letzten Worte der älteren Dame im Kopf hatte. „Hier im Souterrain schlafe ich immer gern mit meinem Mops im Sommer, da ist es schön kühl. Ach, eigentlich will ich gar nicht weg hier."

Heute holten wir unseren neuen Mitbewohner ab. Eine fünf Monate junge Mopshündin. Ein frischer Wind wehte nun in unserem Haus. Gerade, wenn die Enkel wieder abfuhren, ersetzte Lilly Mops die Lebendigkeit, die die Enkel ausströmten. Nur mit der Reinlichkeit von Lilly hatten wir unsere Probleme. Überall fanden wir

Trittbomben, so nannte meine Frau die kleinen Hinterlassenschaften. Nun, wir waren eben Anfänger, nicht so erfahren wie die ältere Dame. In den nächsten Tagen passierten eigenartige Dinge in unserem Haus. Wir schliefen wieder im oberen Schlafzimmer, als wir Geräusche aus dem Souterrain hörten. Das Licht war erneut eingeschaltet, die Tür geöffnet. Tage später schliefen wir in der mittleren Etage, nachdem Lilly Mops sich auf der Schlafzimmermatratze verewigt hatte und diese tüchtig gereinigt werden musste. Um 23:30 Uhr ertönte aus der oberen Etage das

Stofftier von Lilly Mops. Nicht nur einmal, sondern öfter hintereinander. Also eigentlich war es das Stofftier vom Hund der älteren Dame, es wurde nur vergessen. Der Spuk endete um Mitternacht. Das Geräusch ließ sich übrigens nur entlocken, wenn man auf das Stofftier biss oder darauf trat. Wir waren zugegebenermaßen schon beide ängstlich und erschrocken darüber. Es ging jedoch weiter. Wir erinnerten uns, dass wir bei unserem ersten Kennenlernen mit der älteren Dame beim Frühstück eine Musik gehört hatten.

„Das sind meine Lieblingslieder, die CD hat mir meine Enkelin zusammengestellt. Jetzt spielt sie im Küchenradio jeden Morgen", sagte unsere Gastgeberin damals. Wir verbrachten einen ganzen Tag mit ihr. Alles im Haus erklärte sie uns. Gegen 8 Uhr am Abend unterschrieben wir in ihrem Büro in der obersten Etage den Vertrag. Tage später:

Jetzt kämpften wir gegen die Tretbomben an, dachten nicht mehr an das Gewesene. Und doch wurden wir immer wieder aufgeschreckt. Eines Morgens, wir kamen gerade aus dem

Bad, spielte aus der Küche die Musik der älteren Dame. Wir standen wie versteinert auf der Treppe. Den ganzen Tag spekulierten wir darüber, denn das Gerät musste mit dem Startknopf zum Laufen gebracht werden. Aber wir waren es beide nicht. Gegen Abend saßen wir im Büro, planten den nächsten Tag, und sprachen noch über die kuriosen Ereignisse. Lilly Mops schlief schon in ihrem Körbchen, da lachte es ganz laut im Zimmer. Es war ein Lachsack, zweifellos, aber wo kam das Geräusch her? Wer löste es aus? Wir erschraken fürchterlich. Tagelang durchsuchten wir das Zimmer. Das Katzenkuscheltier konnte es nicht sein, es miaute. Das Pferd-Kuscheltier wieherte. Der Vogel zwitscherte. Nein, es war kein Lachsack zu finden.

Irgendwann, meine Frau gab einfach nicht auf, entdeckte sie ein zweites Geräuschmodul im Pferd. Es war der Lachsack. Aber wir drei hatten ihn nicht ausgelöst. Nun waren wir davon überzeugt, dass die alte Dame anwesend war, natürlich nur ihr Geist. Wir erfuhren, dass sie vergesslich wurde, immer mehr in der

Vergangenheit lebte. Und wir lebten in der Gegenwart, kämpften gegen die Häufchen im ganzen Haus.

Eigenartiger Weise erledigte Lilly Mops nur die kleinen Geschäfte im Garten. Eines Tages kam meine Frau kreidebleich ins Schlafzimmer, es war fünf Uhr in der Frühe. Sie weckte mich und sagte: „Ich bin mit Lilly Mops in den Garten gegangen. Lilly hat alle ihre Geschäfte dort erledigt. Sie konnte gar nicht schnell genug nach draußen kommen. Ich freute mich sehr. Als ich auf der Terrasse war, begann plötzlich der Schaukelstuhl ganz kräftig an zu schaukeln. Lilly

Mops und ich rannten schnell ins Haus. War es wohl die ältere Dame?" Wir wissen es nicht, wir können es nur vermuten. Aber eines steht fest, Lilly Mops war nun von dem Tag an sauber, sie wusste jetzt, wo sie ihre Geschäfte erledigen musste. Sie lief bis zum Ende des Gartens, nahe dem Komposthaufen, und verrichtete dort jeden Tag ihre Bedürfnisse. Genau an der Stelle, an der auch die Hunde der älteren Dame ihr Geschäft verrichteten. Der Spuk nahm übrigens ein Ende. Meine Frau und ich sind der Meinung, die ältere Dame erzog in ihrer lieben Art, noch einmal einen Hund.

Botschaft aus dem Jenseits

Wie in jeder Ehe, so hatten auch Joachim und Elke Höhen und Tiefen. Beide wurden vor dem zweiten Weltkrieg geboren. Beide erlebten das Donnern der Bomben. Elke versteckte sich dabei immer im Keller des Hotels Kaiserhof. Ihre Großeltern bewirtschaften das Hotel. Hier wurde

Elke auch geboren und lebte bis zur Studienzeit in ihrem kleinen Zimmer in der obersten Etage. Joachim war etwas jünger als Elke. Beide verliebten sich in den 1970-er Jahren ineinander. Elke hatte aus erster Ehe eine Tochter. Für Elke und Joachim begann ein neuer Zeitabschnitt. Joachim hätte gern Elkes Tochter adoptiert, aber dies wollte sie auf keinen Fall. Leider war Carola sehr eifersüchtig. Sie bestand darauf, in ein Internat aufgenommen zu werden. Elke und Joachim bewohnten ein kleines Haus am Rande der Stadt, ließen Carolas Zimmer immer unberührt, denn vielleicht würde sich die Eifersucht irgendwann legen. Die Zeit verging.

Wie gesagt, es gab Höhen und Tiefen, so auch bei Elke und Joachim, aber es überwogen nach vierzig Ehejahren doch die Höhen. Beide wirkten perfekt aufeinander abgestimmt. Wortlos verstanden sie sich. Was aber nicht bedeutet hätte, dass sich beide nichts mehr zu sagen hatten, im Gegenteil, über alle Themen konnten sie stundenlang diskutieren. Mit der Zeit entstand eine tiefe Seelenliebe. Nichts, aber wirklich nichts, konnte

sie aus dem Sattel heben. Alles
bewerkstelligten sie gemeinsam.

Beide kannten sich in- und auswendig.
Eines Tages erkrankte Elke an
Alzheimer. Sie hatten bereits damit
gerechnet, dass es geschehen könnte,
denn in Elkes Familie erkrankten viele
an Demenz. Immer und immer wieder
kämpften sie dagegen an. Joachim
trainierte Elkes Erinnerungen täglich
bis zu zwei Stunden. Ob
Kreuzworträtsel,
Urlaubserinnerungen, Diskussionen,
einfach die gesamte Bandbreite durch.
Der behandelnde Arzt bestätigte, dass
auf diese Art und Weise wohl eine

Verschlechterung der Krankheit um zwei Jahre verschoben werden könnte. Und das bedeutete mehr Lebensqualität. Joachims Einsatz wuchs. Auch er wurde krank, es war der Rücken. Joachim lebte nun nur noch mit Schmerztabletten, aber sein Einsatz wurde deshalb nicht weniger. Im Gegenteil, denn Elke wurde immer träger. Carola beobachtete diese Situation akribisch. Sie konnte ihre Eifersucht nie ablegen. Und es kam der Tag, an dem sie zuschlug. Joachim musste zu einer Untersuchung, Elke war allein zu Hause. Carola stürmte mit ihrem Ehemann die Wohnung und beide schleppten Mutter Elke unter den Armen aus dem Haus. Joachim fand nur einen Zettel auf dem Küchentisch. Man wollte Mutter Elke untersuchen lassen, da man vermutete, dass Joachim sie gezielt um die Ecke bringen wollte. Joachim brach zusammen. Es war nicht mehr möglich, einen Kontakt zu seiner Frau herzustellen. Drei Monate vergingen, mittlerweile war Joachim psychisch sehr krank geworden. Bei jedem Geräusch im Haus rief er: „Elke, ich komme sofort zu dir!" Aber Elke war nicht da. Eigenartige Dinge geschahen im Haus. Dinge, die niemand erklären konnte. Die noch eingelegte Lieblings-CD von Elke startete in der Nacht automatisch. Geräusche, wie Joachim sie von Elke kannte, hörte er zu allen Zeiten. Er war immer wie versteinert, wurde schlapper und lustloser. Das Leben wurde ohne Elke sinnlos. Den Haushalt übernahm an einem Tag in der Woche Joachims Schwester. Sie kaufte ein und sorgte für Sauberkeit im Haus. Beide unterhielten sich immer wieder über den Vorfall. „Halte mich nicht für verrückt, aber ich spüre Elke deutlich hier im Haus. Es geht ihr nicht gut. Sie verlässt immer mehr ihren Körper", sagte

Joachim oft. Joachims Schwester versuchte ihrem Bruder zu glauben. Sie zog in das Gästezimmer. Eines Morgens sagte sie zu Joachim: „Du hast heute Nacht im Schlaf laut gesprochen. In einer anderen Stimmlage fragtest du „Wo bist du?". Wenn ich das noch einmal höre, nehme ich es auf mein Diktiergerät auf."
Joachim sagte darauf: „Siehst du, Elke versucht Verbindung aufzunehmen. Sie ist hier um uns herum, ich weiß es, ich spüre sie, wir sind eins."

Monate vergingen. Joachim wurde schwächer. Einen Kontakt konnte er mit Elke einfach nicht herstellen. Tatsächlich passierte es noch weitere Male, dass Joachim im Schlaf sprach. Seine Schwester nahm ein sehr bedeutendes Gespräch auf. Mit fremder Stimme kam es aus Joachim: „Wo bist du? Ich hätte dich nie verlassen. Du bist meine große Liebe. Ich wurde einfach entführt und konnte mich nicht wehren. Nun bin ich bei Gott. Wo bist du?"

Vorahnung

Jens Lehmann sprang. Etwas mulmig wird ihm wohl gewesen sein. Er weiß es nicht mehr. Jetzt sprang er 100 Meter in die Tiefe. Bei den ersten Metern dachte er daran, ob auch die Gurte und Karabinerhaken genug gesichert sind. „Hoffentlich reißt das Seil nicht.", dachte er.
Bungeespringen bringt auch Risiken mit sich. Jens wurde etwas flau im Magen. Als er sich im freien Fall befand, sah er ein Kind vor Augen. „Wie war das möglich?", fragte er sich Jens und erkannte sich selbst. In

einem hellen Licht erkannte er sein Gesicht nach der Geburt. Seine Eltern waren sehr liebevoll zu ihm. Vater Frank schraubte den Stuhl, an dem der kleine Jens hochklettern wollte, auf dem guten Parkett fest. Damit wollte er erreichen, dass der Kleine nicht kippte. Mutter Jutta schimpfte, freute sich aber gleichzeitig über die Fürsorge von Frank. Mit Freund Carl stieg Jens oft durch ein kleines Loch in den Nachbargarten. Jede Menge Äpfel gab es dort kostenlos. Jedoch der Nachbar ärgerte sich immer wenn die Lausbuben kamen und Äpfel klauten. In der Schule machte sich

Jens sehr gut und seine Leistungen waren einmalig. Bis zum Studium lief es reibungslos. Hier lernte er auch Cindy kennen und lieben. Cindy war etwas älter als Jens.

Nach der Ausbildung wünschten sich beide zwei Kinder. Sie studierte Sprachen und bekam einen Job an der Stadtzeitung. Auch über Sport berichtete sie. Sie wusste auch, dass Bungeespringen eine gefährliche Sportart war. Aber es war nun mal Jens' Wunsch, einmal im freien Fall den Erdboden zu erreichen.

Zwei süße Mädchen wurden geboren und sahen Cindy sehr ähnlich. „Die Ohren haben sie aber von mir.", meinte Jack immer lachend. Sie unternahmen sehr viel gemeinsam mit den Kindern. Die Dinge rauschten an Jens vorbei und das Licht wurde immer heller und greller. „Was passiert hier nur?", dachte er. Das war sein letzter Gedanke, bevor er in den Tod stürzte.

Plötzlich ein Schrei! Cindy schüttelte ihn wach und schrie: „Jens, wache endlich auf, es war ein Traum." Heute sollte das Freizeitparadies mit den

Kindern besucht werden. Jens hatte für 14 Uhr den Bungeesprung gebucht. Nassgeschwitzt und kreidebleich ging Jens zur Toilette. Die Familie fuhr daraufhin zum Park. „Sie sind der Nächste", sagte das Personal. „Nein", sagte Jens, „ich kneife. Ich träumte, dass der Karabinerhaken brach und ich abstürzte. Ich habe Angst um meine Familie und um mein Leben."

Der erfahrene Mann am Bungee-Seil lachte und zeigte Jens die gute Ausrüstung. „Fünf sind vor ihnen gesprungen. Das Geld kann ich ihnen leider nicht erstatten. Schauen sie, hier sind die Karabinerhaken."

Als er den dritten Haken in die Hand nahm, brach das Gelenk in zwei Teile.

Übersinnliches oder Einbildung?

Früher habe ich mit einem Schmunzeln im Gesicht zugehört, wenn mir jemand etwas über Übersinnliche Phänomene oder Geister erzählt hat. Ich konnte mir beim besten Willen nicht vorstellen, dass es sowas wirklich gibt. Mittlerweile denke ich anders darüber, denn ich bin eines Besseren belehrt worden. Was ich erlebe, in dem Haus mit der Nummer 6, ist einfach kaum zu glauben. Es gibt viele Menschen, die diesbezüglich schlimmere Dinge erfahren mussten, aber für mich ist es jetzt schon der blanke Horror. Im Laufe meiner noch kommenden Geschichten, werde ich über meine Erlebnisse hier berichten. Nun aber möchte ich von dem neusten Vorfall schreiben.

Das Haus, in dem ich lebe besitzt drei Etagen. Ich beschreibe es hier, damit sie sich ein Bild von der Größe machen können. Vielleicht können sie dann besser verstehen, dass man gerade in der Nacht nicht alleine sein möchte. In der oberen Etage befinden sich zwei Badezimmer, ein Ankleideraum, Schlafzimmer und ein großer Büroraum, in dem wir arbeiten. Darunter befindet sich die Küche, ein riesiges Wohnzimmer mit Essbereich, eine Terrasse mit einer Treppe, die in den Garten führt. Ganz unten, wenn man zur Haustür hereinkommt ist der Heizungsraum, eine Waschküche und ein riesiger Hobbyraum. Von diesem Raum aus, kann man auch in den Garten gehen.

Nun ja, riesig würde ich mal sagen. Damit wir hören, wenn zum Beispiel ein Einbrecher die Treppe heraufkommt, haben wir zwei Bewegungsmelder angebracht. Ein zwitschernder Vogel, der auf elektromagnetische Impulse reagiert und eine kleine Lampe mit der gleichen Funktion. Wenn nun jemand daran vorbeiläuft oder das Licht wird ein- oder ausgeschaltet, fängt der Vogel an zu pfeifen und die kleine

Lampe springt an. Aber wirklich nur dann. Heute Morgen zwitscherte der Vogel mehrmals hintereinander, die kleine Lampe sprang ebenfalls ein paar Mal an. Es war noch dunkel und wir wurden davon wach. In den darauffolgenden Stunden wiederholte es sich einige Male. Makaber nicht wahr? Ja, ist es wohl. Gruselig ist gar kein Ausdruck.

Einen Tag später ging ich um 7 Uhr am Morgen hinunter, machte mir einen Kaffee und setzte mich dabei in das mehr oder weniger dunkle, riesige Wohnzimmer. Plötzlich wurde ich durch ein lautes pochen an der Terrassentür aus meinen Gedanken gerissen. Zudem wackelte ein Raumteiler, den man zusammenklappen kann, heftig hin und her. Ein Deko-Kranz fiel von der Wand. Unser Hund wartet sonst immer bis ich fertig bin, um dann noch mal mit mir nach oben zu gehen. Dieses Mal war es anders. Er hatte Angst und rannte schon vorher die Treppe hinauf. Er verkroch sich unter die Bettdecke und kam auch, nachdem ich ihn rief, nicht heraus. Ich glaube Tiere haben ganz feine Sensoren und merken genau wenn was nicht stimmt.

Offensichtlich spukt es gewaltig im Haus mit der Nummer 6. ich habe zwar keine Angst, aber ein bedrückendes, mulmiges Gefühl ist geblieben. Außerdem bin ich seit einiger Zeit ständig müde und habe das Gefühl, jemand saugt mir meine Energie aus dem Körper. Ein Blutbild beim Arzt war in Ordnung, folglich kann es nichts körperliches sein.

Komisch ist nur, wenn ich das Haus verlassen habe geht, es mir recht gut. Komme ich zurück beginnt sofort wieder dieses Gefühl. Ich behaupte felsenfest, dass wir von Geistern umlagert sind.

Blendende Erscheinung

Es war um 2 Uhr in der Nacht. Wie üblich stieg der Rottweiler Flinn aus seinem Korb, streckte sich und wollte zum Pipimachen in den Garten. Ich werde jedes Mal davon wach. Aber es stört mich nicht, besser gesagt, doch schon etwas. Die Schlafzimmertür stand bis zur Hälfte auf. Meine Frau

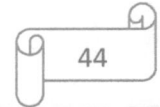

schlief ruhig und zufrieden. Ich richtete mich etwas auf und sah zwischen der halb geöffneten Tür in den Flur. Flinn lief zur Tür, drehte um und sprang in unser Ehebett. Meine Frau erwachte. Ich sah dieses Ding, etwa 60 cm in der Höhe und 20 cm in der Breite. Es leuchtete grell, aber es leuchtete nichts an. Es sah wie ein DNA-Strang aus. Ich beugte mich weiter vor, da ging die Tür mit einem Quietschen zu. Meine Frau sah es noch genau. Mutig ging ich zur Tür und öffnete diese wieder. Das Ding war weg. Etwa 30 Minuten bewegte ich die Tür hin und her, aber das

Quietschen bekam ich nicht mehr zu hören.

Ein Geist in blond

Im Haus wurden vor vielen Jahrzehnten spiritistische Sitzungen abgehalten. Auch fanden regelmäßige Treffen einer sich bildenden Sekte statt. Das alles wussten wir nicht. Wir glaubten aber auch nicht an solch einen Hokuspokus. Nach zwei Jahren begannen aber unglaubliche

Erscheinungen. Schatten, die plötzlich auftauchten. Lichter die zu sehen waren, obwohl es an den Stellen keine Lampen sind. Und dann dieses ständige Gefühl, dass man beobachtet wird.

Es war eine ganz normale Nacht. Gegen 3 Uhr wurde ich wach. Die Augen waren geschlossen. Ich fühlte mich beobachtet. Langsam öffnete ich meine Augen und erschrak fürchterlich. Über mich beugte sich eine Frau mit blonden Haaren und rotem Gewand. Sie hatte kein Gesicht, alles war mit diesen hellblonden

Haaren bedeckt, genauso wie es auf dem Buchumschlag zu sehen ist. Das Gewand war rot, ohne Arme und nach unten spitz zulaufend. Diese Erscheinung war etwa 170 cm groß. Es war dunkel im Raum und trotzdem konnte ich diese leuchtenden Haare und das rote Gewand deutlich ausmachen. Langsam bewegte ich mich aus Angst zur Bettmitte in Richtung meiner Frau, die fest schlief. Sie nahm gegen 23 Uhr eine Schlaftablette. Die Erscheinung ließ von mir ab und richtete sich auf. Dabei schwebte sie vom Bett ab in Richtung Schrank und wurde über 2

Meter groß. Meine Angst vergrößerte sich, ich schloss die Augen.

Irgendwann schlief ich ein.

Antworten aus dem Jenseits

Bewegungsmelder arbeiten nach verschieden Prinzipien. Wir haben sie alle, weil wir an das Übernatürliche glauben. Wir stellten fest, dass ein Bewegungsmelder nicht nur Helligkeitsabhängig war, sondern auch vom Lichtschalter beeinflusst wird, obwohl beide nichts miteinander zu tun haben. Unser Test ging so: wir klebten den Lichtsensor ab und schalteten das Flurlicht an. Nichts passierte. Schalteten wir das Flurlicht aus, so piepte der Sensor. Wir schraubten die Lampe heraus. Trotzdem piepte es, wenn man das Flurlicht ausgeschaltet hat, obwohl nicht an. Voraus ging folgende Erscheinung: Um 7 Uhr morgens wurde ich wach, da ich mich beobachtet fühlte. Etwa 5 Sekunden später piepte der Bewegungsmelder. Es war dunkel im Haus, das Flurlicht nicht eingeschaltet. Kein Licht, kein

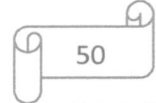

Schatten der den Bewegungsmelder auslösen hätte können. Diese Erscheinung erzählte ich um 10 Uhr meinem Sohn. Wir saßen im Esszimmer. „Ob das Vater war?", fragte ich meinen Sohn. In dem Augenblick piepte der Bewegungsmelder zwei Mal. Auch weitere Fragen wurden auf diese Art beantwortet. Antworten, die nur ich und mein Sohn kannten.

Es gibt also kein Signal wenn eine Energie kommt, sondern wenn sie geht. So zumindest testeten wir es mit den Sensoren. Lichtschalter einschalten... nichts passiert... Lichtschalter ausschalten... Signal ertönt. Um 7 Uhr wurde ich also wirklich beobachtet. Ein Energiewesen kam, es gab kein Signal, es beobachtete mich, ich wurde wach... das Energiewesen ging... das Signal ertönte. War es mein verstorbener Mann Wolfgang?

Auf den folgenden Seiten können Sie nun Ihre eigenen Erfahrungen eintragen. Wie gesagt, wir haben es z.T. selbst erlebt oder es wurde so an uns heran getragen.

Eigene Erlebnisse

Datum Uhrzeit Erscheinung

Eigene Erlebnisse

Datum Uhrzeit Erscheinung

Eigene Erlebnisse

Datum Uhrzeit Erscheinung

Eigene Erlebnisse

Datum Uhrzeit Erscheinung

Eigene Erlebnisse

Datum Uhrzeit Erscheinung

Eigene Erlebnisse

Datum Uhrzeit Erscheinung

Eigene Erlebnisse

Datum Uhrzeit Erscheinung

Eigene Erlebnisse

Datum Uhrzeit Erscheinung

Eigene Erlebnisse

Datum Uhrzeit Erscheinung

Eigene Erlebnisse

Datum Uhrzeit Erscheinung

Eigene Erlebnisse

Datum Uhrzeit Erscheinung